Annemarie Nikolaus: Décès soudain

ANNEMARIE NIKOLAUS

DÉCÈS SOUDAIN

TABLE DES MATIÈRES

Le règlement

Trois Fiat avec la flamme jaune de la *Guardia di Finanza* sur leurs portes se garaient devant sa banque ce matin. Directeur Michele Perini était en colère parce qu'ils se tenaient directement devant le portail et annonçaient clairement à chaque passant qu'il avait la police financière dans la maison.

Par la porte d'entrée vitrée, il avait un visuel sur tout le hall du comptoir: devant son bureau, seuls deux policiers en uniforme se baladaient, donc tous les autres étaient déjà assis dans la salle de conférence à feuilleter des dossiers.

À l'un des comptoirs de caisse, il y avait un client dont le nom lui avait échappé. En face, le visage caché derrière un journal, Fernando d'Alesi s'appuya contre le mur; il reconnut l'héritier de l'ancienne famille du comte à sa chevalière.

Michele s'essuya la tête avec son mouchoir. Puis il le replia le long des plis et entra dans le banc.

Malgré l'impression d' être absorbé, d'Alesi se précipita aussitôt vers lui. «*Direttore*, ça fait une heure que j'attends. Je dois vous parler.»

«S'il vous plaît, ne vous dérangez pas de venir en personne tous les matins. Dès que les dossiers seront relâchés, je vous contacterai. Je suis vraiment désolé de devoir vous retarder; vous le savez.» Il le laissa là et se précipita vers son bureau.

L'un des policiers qui se tenait devant, lui demanda: «Que veut-il, le jeune homme qui vous attend ici tous les jours?»

«De l'argent. Que veut-on d'autre d'une banque?»

Avec un cri Michele se réveilla.

«*Oddio*, Michele, de quoi rêves-tu toujours?» Sa femme Carla alluma sa lampe de nuit avec un soupir. «Si ça continue comme ça encore quelques nuits, je préfère dormir dans la chambre d'amis. Non seulement tu gémis comme un chaton abandonné, mais maintenant tu tapes aussi autour de toi.» Elle toucha sa main sous la couverture et la pressa. «Encore le même rêve?»

«Elle se rapproche de plus en plus chaque nuit! Je marche et je cours, mais je ne peux pas lui échapper. Cette fois-ci, elle avait déjà les bras étirés vers moi. J'ai senti son haleine sur mon cou.» Il se secoua. «Et puis, un profond abîme - il n' y avait pas d'échappatoire. Horrible! Rien ne peut me sauver de sa colère!» Il se frotta le front en sueur. «Peut-être, je ne devrais pas manger autant, quand je rentre tard à la maison.»

«Peut-être que tu ne devrais plus rentrer si tard.»

«Oh, chérie, je ne peux pas laisser mes gens seuls avec la police financière. Ce ne serait pas juste. Encore quelques jours; puis ce cauchemar sera terminé. Je suis sûr que personne de la banque n'était sciemment impliqué dans le blanchiment d'argent.»

«Alors tu pourrais dormir tranquille», répondit-elle. «Mais pourquoi le juge d'instruction n'apparaît jamais dans tes rêves, pourquoi es-tu persécuté par la vieille comtesse?»

Il ne lui pouvait pas y répondre; Michele regarda rigidement par la fenêtre. A la pleine lune, le château de Madruzzo trôna comme une silhouette sur la montagne en face. La vue le fit frissonner et il tira la couverture jusqu'aux yeux.

La semaine suivante, Michele se stationna devant les murs beiges du château de Madruzzo. Respirant fort, il monta l'escalier escarpé en porphyre jusqu'au premier étage.

D'Alesi avait restauré la moitié de cet étage et l'avait équipé d'une salle de bain et de chauffage. Le reste du château fut longtemps inhabité.

Les tableaux des nobles ancêtres étaient pendus le long de l'escalier; des peintures sombres sauf une: Contessa Marcella de Eccher, la grand-mère de Fernando d'Alesi, n'était pas seulement représentée avec une aquarelle, comme tous les autres, que la présentait en tant que jeune fille. A côté, il y avait une photo de portrait, qui a probablement été prise peu avant sa mort. Elle la montrait exactement comme elle apparaissait à Michele dans ses rêves.

D'Alesi s'approcha de lui de la salon cheminée. «Vous semblez épuisé, *direttore*. Merci d'avoir pris la peine de venir si tard.»

«Ici, au moins on ne nous dérange pas et nous pouvons consulter les documents en toute tranquillité.» Il plaça trois portefeuilles bien remplis sur la table en chêne au milieu de la salle. Quand il ouvrit les boutons-pression, ils se désintégraient à moitié d'eux-mêmes. «Malheureusement, votre grand-mère a laissé une petite pagaille. Elle a tout simplement insisté sur son propre système. J'ai donc pris la liberté de trier les dossiers à l'avance.»

«Tout ce qui compte, c'est que les documents soient complets. Tout le reste se trouvera.» D'Alesi empoigna une pile de formulaires pliés de travers.

Jusqu'au fond de la nuit ils se penchèrent sur les documents relatifs aux transactions boursières extensives, que la comtesse avait effectuées au cours des dernières années avant sa mort. De temps à autre, ils se regardaient avec stupéfaction lorsqu'ils rencontraient une spéculation particulièrement réussie.

«C'est vraiment fascinant», finit par dire Michele. «On croirait que votre grand-mère avait un sixième sens du commerce des actions.»

«Mais qu' a-t-elle fait de tout l'argent à la fin?» demanda d'Alesi.

«En tout cas, il ne se trouve pas dans notre banque.»

«Mais vous n'avez apporté aucune preuve qu'elle avait été payée intégralement.»

«Il n' y a pas de compte à la banque où les gains en actions restants auraient été comptabilisés. Donc l'argent n'est pas sur place.»

D'Alesi soupira. «On a tellement besoin d'argent. Jusqu' à l'automne, nous devons restaurer le toit et l'aile de la tour, un autre hiver orageux et tout va s'effondrer. En tout cas, c'est impossible, *direttore*. Il doit y avoir d'autres documents.»

«Certainement vous avez raison.» Michele laissa son regard planté sur l'étagère sombre qui se trouvait dans un coin de la pièce. «Mais vous savez vous-même que la police financière a tourné trois fois chaque bout de papier à la banque ces dernières semaines. Si nous avions eu d'autres dossiers, ils auraient été trouvés. Et je le saurais.»

«Mais non, ne dites pas ça. On ne trouve rien que'on ne cherche pas!»

Michele hocha la tête deux fois et continua à fixer l'étagère. «Avez-vous regardé partout ici?» Il savait que sa question était superflue et sourit alors que d'Alesi se tut. Il serait occupé pour les prochains jours et ne se montrerait pas à la banque.

Lorsqu'il quitta plus tard le château, il remarqua que la photo de la comtesse décédée était suspendue juste pour que son regard le suive alors qu'il descendait les escaliers. Lorsqu'il atteignit le portail, la sueur froide se tint sur son front. Il sortit son mouchoir, le déplia avec des mains tremblantes et s'essuya le front. Il échoua à le replier. Alors, il le chiffonna, le mit dans sa poche et ouvrit le lourd portail en gémissant.

Le lendemain matin, Carla le trouva mort dans son lit.
«Crise cardiaque», diagnostiqua le médecin de famille et secoua la tête. «Et pourtant il était en parfaite santé!»

Lorsque Carla vida le bureau de Michele à la maison après les funérailles, elle tomba sur un dossier mince portant l'inscription «Marcella de Eccher»...

FIN

Le Collier

«Si seulement je pouvais te tenir dans mes bras comme ça toujours!» Robert plongea son visage dans les cheveux longs de Sonja. «Je donnerais n'importe quoi pour ça», chuchota-t-il dans son nuque.

Sonja sourit à son reflet dans le miroir. «Elle est magnifique.» Elle passa ses doigts sur le collier de perles que Robert venait de lui mettre autour du cou. Puis elle se détacha doucement de lui. «Ne sois pas idiot! Si tu divorçais, tu perdrais l'usine. Vraimnt, ça ne me perturbe pas de n'être que ta maîtresse.» Elle se retourna et lui donna un baiser. «Et maintenant, avec ton aide, j'ai enfin décroché le poste de représentante Asie! Maintenant, on peut passer des journées entières ensemble.» Elle le baisa à nouveau. «Ta femme ne saura jamais pourquoi soudainement tu voles tout le temps à Singapour.»

«Tu y crois à ça! Elle me contrôle constamment. Elena pense depuis longtemps que je ne l'ai épousée que pour son argent!»

«Elle n'a même pas tout à fait tort!»

«Ce n'est pas vrai!» Robert protesta vigoureusement. «Je l'ai toujours appréciée. Déjà à la maternelle. Pour moi, elle se battait même avec ses grands frères. Elle m'a protégé de tout. Comment pourrais-je ne pas l'apprécier?» De nouveau, il attira Sonja et sourit. «Mais toi, je t'aime vraiment. Je donnerais tout pour toi.»

Sonja fit une grimace. «Tu te répètes, chéri. Allons prendre un verre pour mon anniversaire et puis je vais te mettre à la porte. Tu dois aller au concert avec ta femme.»

Après le départ de Robert, Sonja décrocha le téléphone avec un soupir de soulagement. «C'est moi.» Ses doigts jouaient avec le collier de perles pendant qu'elle écoutait. «Non», répondit-elle, «il était pressé, comme tant de fois. Mais il a dit de nouveau vouloir être avec moi pour toujours.»

Elle fronça les sourcils pendant la réponse à l'autre bout de la ligne. «Non,» elle termina la conversation, «Moi non plus, je ne pense pas qu'il va divorcer.»

Elena attendait devant l'entrée du théâtre. Elle avait levé le col châle de sa fourrure artificielle violette et se réchauffait les mains sous les aisselles. «Que t' a pris tant de temps?» siffla-t-elle alors que Robert se dépêchait de la joindre. «J'ai déjà appelé le bureau trois fois!»

«Excuse-moi, une fois que trois miettes de neige tombent, ces idiots ne peuvent pas conduire une voiture. Je l'oublie à chaque fois.»

«Pas seulement ça! Apparemment, tu as aussi oublié de retirer le collier de perles que tu as commandé.»

«Quoi?» Robert la fixa avec ses yeux grandis sous le choc.

«J'étais chez le bijoutier hier et il m' a demandé ce qu'il en était. Il attend depuis une semaine que tu viennes la chercher.»

Robert maudit à voix haute. «Ce connard! Maintenant, il a tout gâché!»

Elena se mordit les lèvres. «Que veux-tu dire? Tu sais bien que je déteste les perles. Tu voulais m'apprendre de cette façon si tendre que je suis désormais une vieille boîte?»

«Mais Elena!» Robert s'indigna. «Pas de collier, alors. Mais tu dois te battre tout le temps?»

«Si tu dépenses mon argent, alors sois judicieux!»

Sonja était assise sur le banc du parc les yeux fermés et tenait le visage sous le soleil printanier. Des pas grinçaient sur le gravier derrière elle. Elle se retourna et sourit à Robert. «Je suis si contente que tu t'es détaché après tout. J'avais presque renoncé à attendre. Mon avion décolle dans une heure.»

«Tu n'es en pays qu'un jour! Alors je dois avoir du temps pour toi. Depuis combien de temps ai-je attendu pour te revoir. Ton idée d'un travail à Singapour ne nous a pas aidés du tout – au contraire!»

«Oh, Robert, ne sois pas bête! Tu ferais mieux d'être content que je sois là maintenant. Et soyez heureux avec moi que je connaisse un tel succès à Singapour. Personne ne peut se plaindre de ta recommandation.»

«Bien sûr que je suis heureux pour ta carrière.» Robert s'assit à côté d'elle et mit son bras autour de ses épaules. «Tu es géniale, chérie. J'ai toujours su que tu étais efficace. Tout ce dont tu avais besoin, c'était d'un tremplin; maintenant tu l'as prouvé à tout le monde. Mais je ne méritais pas quand même une récompense?»

«Pour le tremplin que tu m'as donné?» Elle le baisa sommairement sur la joue. «Je t'aime, ça ne te suffit pas? Et je pense à toi, même si je suis loin. Tes perles me rappellent toi tous les jours.»

Robert grogna frustré. «Non, ce n'est pas assez. Ça ne me suffit toujours pas. Ne retourne pas à Singapour. Je veux t'avoir pour moi tout seul! Je trouverai un moyen.»

Sonja fronça les sourcils et le regarda avec de grands yeux. Elle commença à répondre, mais Robert ferma sa bouche avec un long baiser.

*

Sonja était assise à son bureau à Singapour et regarda dans le crépuscule. Le vent tourbillonnait les feuilles d'automne; petit à petit, la rue devint plus lumineuse dans le flot des lumières des enseignes au néon.

Un des téléphones sonna. Quand elle vit le numéro de l'appelant, une lueur se répandit sur son visage.«J'ai presque fini», répondit-elle. «On se voit chez Wu-Cheng dans une demi-heure. Je suis contente de te voir.»

Elle venait de mettre son manteau; alors que la porte du bureau s'ouvrit derrière elle. Robert se tenait dans le cadre de la porte et ses yeux brillaient. «Eh bien, mon ange? Ai-je réussi à la surprise?»

Sonja respira profondément. «Oui, en effet! Que fais-tu à Singapour tout d'un coup?»

«Elena a eu un accident hier. Elle est morte!»

«Quoi?» elle bégayait.

Robert prit ses mains et embrassa un doigt à la fois. «Elena est morte», répéta-t-il. «Donc tous les problèmes ont disparu.»

«Qu'est-ce que tu dis?» Elle fronça les sourcils et lui enleva ses mains.

«Maintenant il n' y a plus rien et plus personne qui nous sépare.» Il la souleva et la fit virevolter exubérant. «Je te ramènerai chez nous. On décolle ce soir.»

«Hé, lâche-moi», protesta Sonja.

Lorsqu'elle revint sur ses pieds, elle le regarda sérieusement. «Je ne peux pas tout laisser d'une minute à l'autre. Une telle chose, je ne le peux pas faire!»

«Comme tu es zélée», répondit-il d'un clin d'œil. «Ne t'inquiète pas; je m'en occupe.»

«Non! J'ai un rendez-vous. Maintenant, je ne peux plus l'annuler.»

Il la regardait fixement.

En le contournant, Sonja se dirigea vers le couloir. «Annule le vol. On parlera de tout demain matin.»

Robert saisit son bras. «Sonja, s'il te plaît. Attends!»

«Je n'ai vraiment pas le temps maintenant!» Elle se dégagea et entra dans l'escalier.

«Mais attends!» Robert se dépêcha de la suivre. «Alors tu seras en retard. Ce n'est pas la fin du monde. Tu ne peux pas me laisser planté comme ça.»

Il la retient encore. Sonja le repoussa férocement.

Robert trébucha. Cherchant du soutien, il étendit la main vers elle; il attrapa le collier de perles sur son cou. Il déchira avec un son doux.

Robert perdit complètement l'équilibre et tomba dans les escaliers avec un cri.

FIN

Le banquier du Pape

Le 17 juin 1982:

Même juste avant le début de l'été, ces soirées londoniennes étaient étaient encore froides et inhospitalières. Donc ça semblait un geste naturel que l'homme haussa le col de son manteau avant de quitter sa maison des dossards; le chapeau, il le glissa profondément dans son front.

Il circula pendant une heure dans les rues et descendit dans deux pubs en chemin. Dans chacun d'eux, il buvait une bière en regardant constamment par la fenêtre et en observant les gens dans la rue. Lorsqu'il atteignit finalement son but, il était convaincu que personne ne l'avait suivi.

Il hésita un moment devant l'élégante demeure avant d'étendre la main à la cloche. Mais il n'avait pas le choix.

Quand la porte s'ouvrit, un jeune homme le faça dans la lumière clairsemée du couloir. «Venez, Son Excellence vous attend.»

L'homme tressaillit; il ne s'attendait pas à être adressé ici en italien. Soupçonneux, il considéra l'inconnu.

«Venez!», l'étranger répéta et l'invita dans la maison avec un geste de sa main.

Hésitant, l'homme entra dans la petite bibliothèque, où son hôte étudia un vieux folio avec un verre de vin à la main.

«*Signore*, vous m'avez fait dire que cette fois nous devons vous aider. Donc, que puis-je faire pour vous?»

«Monseigneur, il me faut trois cent mille avant la fin du mois – au moins.»

«Trois cent mille quoi?» Le vieux prêtre sourit moquamment. «Certainement pas lire.»

L'homme se sentait chaud dans son manteau. Ça ne partait pas bien. «Dollars, bien sûr», il en sortit. «Cet après-midi, j'ai été destitué du poste de président de *Banco Ambrosiano*. Je n'ai plus accès aux comptes. Mais Pippo Calò veut récupérer son argent.»

«Vraiment? Nous pensions qu'il soutenait nos bonnes œuvres pour acheter le pardon de ses péchés.»

La moquerie flagrante fit frissonner le banquier déchargé de son pouvoir. *Cosa Nostra* menaçait sa famille et ce prêcheur se moquait de lui. Il se ressaisit. «Seule la Loge sait que le blanchiment d'argent a eu lieu par l'intermédiaire de l'Institut pour les œuvres religieuses. Calò pense qu'il a bien investi son argent.»

«Et alors, en fait il a bien investi son argent. Si Somoza avait réprimé le soulèvement, il aurait déjà libre cours en Amérique centrale. Maintenant, il doit donc attendre un peu plus. Chaque investissement implique certains impondérables.»

«Très spirituel», il échappa au banquier. «L'Honorable Société sait que tout notre système de financement s'est effondré. Ils se fichent où j'obtiens l'argent - et moi aussi! Vous êtes ma dernière chance.»

Le prêtre mit le folio de côté et s'approcha lentement du banquier. «Essayez-vous de me faire chanter?»

«Non, Votre Éminence, pas du tout. J'aimerais juste souligner que je n'ai plus de choix.» Le banquier cherchait à rester courtois. «Je serais vraiment désolé si vous aviez des ennuis.»

«Il n' y a aucune motif à cet égard!»

«Eh bien...» Le banquier pesa soigneusement chaque mot. «Il pourrait y avoir des problèmes si on avait l'impression que le Vatican continue de financer les *Contras* au Nicaragua. Et tout le monde comprend certainement que le Pape est particulièrement préoccupé par sa Pologne, mais il est tout aussi certain que quelques-uns pourraient considérer le soutien à *Solidarność* comme une ingérence dans les affaires intérieures.»

«Le Vatican soutient les églises de tous les pays pauvres.»

«Cependant, l'argent n'atteint pas toujours les caisses paroissiales. Mais peut-être que demain, votre ambassadeur trouvera ce sujet plus intéressant que vous.»

«Pourquoi *Solidarność* ou les *Contras* devrait intéresser l'ambassadeur tchèque?»

Ils se mesuraient avec leurs regards. Tous deux connaissaient très bien la réponse: encore moins que la contre-révolution dans l'Amérique centrale lointaine, le gouvernement tchécoslovaque était capable de tolérer un syndicat indépendant dans le pays voisin. Mais personne ne dit un mot. Pour quelques minutes, le crépitement du feu était le seul bruit.

Puis le prêtre hocha la tête. Involontairement, le banquier poussa un soupir de soulagement. Il avait gagné.

«*Signore*, vous devez avoir des documents intéressants pour nous.»

«Je les ai laissés à l'hôtel. Ils valent leur prix.»

«Certainement.» Son hôte sourit et indiqua la table du coin. «*Signore*, pourquoi ne pas prendre un verre avec moi avant de partir? Mon factotum vous accompagnera ensuite chez vous. Demain matin, on s'occupera des transactions nécessaires.» Il se tourna vers la porte. «Carboni, apporte un verre pour le *signore*.»

Le lendemain matin, un facteur trouva le banquier pendu sous le pont Blackfriars.

Le banquier mort a un nom: Roberto Calvi. Cette courte histoire est une spéculation audacieuse de ce qui aurait pu précéder sa mort.

***

Onze ans plus tard, un tribunal romain condamna l'évêque tchécoslovaque Pavel Hnilica et Flavio Carboni à plusieurs années de prison pour détournement de la mallette de Calvis. Il a fallu sept ans de plus avant que l'évêque ne soit acquitté dans une procédure d'appel parce qu'il était entré de bonne foi avec Carboni. Carboni, qui était impliqué dans de nombreuses affaires de l'époque, ne l'était pas.

En mai 2002, il a finalement été établi judiciairement que la mort de Calvi était un meurtre.

Mais qui en était l'auteur?

Pas encore? FIN

***

Si vous avez aimé ces histoires courtes, veuillez les recommander autour de vous. Les recommandations et les critiques aident les autres à trouver des livres qui valent le temps d'être lus.

À propos de l'auteure :

Annemarie Nikolaus, Hessoise de naissance, a vécu vingt ans au nord de l'Italie. En 2010, elle a déménagé avec sa fille en Auvergne, en France.

Elle a étudié la psychologie, le journalisme, la politique et l'histoire et exercé entre autres les métiers de psychothérapeute, conseillère en politiques, journaliste, lectrice et traductrice.

Elle a commencé l'écriture littéraire début 2001. Depuis la publication de ses premières nouvelles, elle écrit des romans avec une prédilection pour le genre historique.

En 2005 est apparu son premier roman, une œuvre commune avec deux autres auteures : « Das Feuerpferd ». Depuis 2011, elle publie majoritairement en tant qu'auteure indépendante.

Wikipedia (en allmand): http://bit.ly/r0mwoC

Auteur Qindie : Qindie est synonyme de qualité et d'indépendance. http://www.qindic.de/

Elle se réjouit que vous restiez en contact :
Blog en français:
http://annes-werke.blogspot.com/p/livres-francaises-franzosische-bucher.html
Patreon: www.patreon.com/AnnemarieNikolaus
Facebook : http://on.fb.me/JLAN6J
Twitter : http://twitter.com/AnneNikolaus

Publications

En langue française

Histoires magiques. Nouvelles pas seulement pour les enfants. ISBN livre de poche 9782902412747

Décès soudain. Histoires mystérieuses. ISBN livre de poche 9782902412617.

Revanche. Nouvelles de jadis. Courts mystères historiques. ISBN livre de poche 9782902412662

Réduit au silence. Thriller court. ISBN livre de poche 9782902412655

Les ouvrages originaux en allemand.

Historique

Königliche Republik. Roman historique. ISBN livre de poche 9782902412471

Verjährt. Courts mystères historiques. ISBN livre de poche 9782902412549

Fantastique

Die Piratin. Roman fantastique. Dans la série *Drachenwelt*. ISBN livre de poche 9782902412495

Das Feuerpferd. Roman fantastique, écrit avec Monique Lhoir et Sabine Abel. ISBN livre de poche 9782902412501

Magische Geschichten. Nouvelles pas seulement pour les enfants. ISBN livre de poche 9782902412488

Renntag in Kruschar. Dans la série *Drachenwelt*. Un co-projet fantastique. Seulement e-book

Leuchtende Hoffnung. Un roman de science-fiction illustré sous forme de calendrier de l'avent. ISBN livre de poche 9782902412563

Mystérieux

Bitterer Wein. Dans la série »Médoc« Roman de crime. ISBN 9782493398017

Haus zu verkaufen. Drame de famille. ISBN 9782902412983

Ustica. Un thriller court. ISBN livre de poche 9782902412556

Tot. Histoires mystérieuses. ISBN livre de poche 9782902412587

Verjährt. (voir ci-dessus)

Romantique

Die Enkelin. Dans la série « *Quick, quick, slow - Tanzclub Lietzensee* ». Roman d'amour. ISBN livre de poche 9782493398093

Flirt mit einem Star. Dans la série « *Quick, quick, slow - Tanzclub Lietzensee* ». Roman d'amour. ISBN livre de poche 9782493398109

Zurück aufs Parkett. Dans la série « *Quick, quick, slow - Tanzclub Lietzensee* ». ISBN livre de poche 9782493398116

Ouvrages spécialisés

Guides touristiques

Aquitanien: Das Ende eines Krieges. Dans la série *Am Rande des Weges* ... ISBN livre de poche 9782902412570

Série sur la littérature

Suche Reisebegleitung. Dans la série *Fliegende Blätter*. ISBN livre de poche 9781499608427

Junge Welten. Dans la série *Fliegende Blätter*. ISBN livre de poche 9781500971991

Traductions également en anglais, espagnol, italien, grec et portugais.